ET LES COULEURS

Annette Tison et Talus Taylor

LES LIVRES DU DRAGON D'OR

Les Barbapapas invitent Claudine et François
à venir se promener avec eux à la campagne.

Mais les enfants ont promis de repeindre la clôture du jardin.

Barbapapa propose de les aider pour aller plus vite,
et de mettre de la couleur pour faire plus joli.

Chaque Barbabébé court acheter sa couleur préférée.

Quelle est la couleur préférée de Barbidur ?

Barbidur n'aime que le rouge.
Car il est rouge et très content de lui.

Barbotine trouve le rouge trop voyant. Elle préfère l’orange.

Du jaune et encore du jaune, Barbidou est jaune et peint tout en jaune.

Barbalala est verte et, comme par hasard, il n'y a que le vert qui l'intéresse.

Et Barbibul ? Quelle est sa couleur préférée ? Oui, bien sûr… C'est le bleu.

Barbouille voit tout en noir et pourtant il n’est pas triste du tout.

Barbabelle pense que tout ce qui est bon est violet.
Claudine n'est pas d'accord : les noisettes ne sont pas violettes !

Les noisettes sont marron.
En mélangeant des couleurs, on peut faire du marron.

Les artistes veulent continuer à peindre… mais il n’y a plus de place !

Alors ils se mettent à peindre tout le paysage.

Et, c'est interdit
de repeindre le paysage
sans autorisation.

Le gendarme fait respecter la loi :
il faut tout nettoyer !

C’est beaucoup moins amusant et beaucoup plus fatigant que la peinture.

Heureusement, voilà la pluie qui lave tout bien comme il faut.
La clôture du jardin, on peut la repeindre comme on veut, c'est permis.

– Nous la peindrons avec toutes les couleurs de l'arc-en-ciel,
décide François. Comme ça, tout le monde sera content !